쿡판다의
수상한 만두카

쿡판다의 수상한 만두카

② 쿡판다 학교에 가다!

ⓒ 2024 함윤미

1판 1쇄 펴낸날 | 2024년 12월 12일

지은이 | 함윤미
그린이 | 세미
펴낸이 | 양승윤

펴낸곳 | (주)와이엘씨
출판등록 | 1987년 12월 8일 제1987-000005호
주소 | 서울특별시 강남구 강남대로 354 혜천빌딩 15층 (우)06242
전화 | 02-555-3200
팩스 | 02-552-0436
홈페이지 | www.aladinbook.co.kr

Cooking Panda's Suspicious Dumpling Car 2 by Ham Yoon-mi
Copyright ⓒ 2024 by Ham Yoon-mi
Printed in KOREA

값 13,800원
ISBN 978-89-8401-775-7 74810
ISBN 978-89-8401-773-3 74810(세트)

알라딘 북스는 (주)와이엘씨의 어린이 책 출판 브랜드입니다.

KC	① 품명 : 쿡판다의 수상한 만두카 2.쿡판다 학교에 가다!	⑥ 제조국 : 대한민국
	② 제조자명 : 알라딘북스	⑦ 사용연령 : 7세 이상
	③ 주소 : 서울시 강남구 강남대로 354	⑧ 취급상 주의사항
공통안전기준	④ 연락처 : 02-555-3200	• 종이에 베이지 않도록 하세요.
표시사항	⑤ 제조년월 : 2024년 12월	• 책의 모서리가 날카로우니 던지거나 떨어뜨려 다치지 않도록 주의하세요.
		⑨ KC마크는 이 제품이 공통안전기준에 적합하였음을 의미합니다.

쿡판다의 수상한 만두카

② 쿡판다 학교에 가다!

글 함윤미 그림 세미

어린이의 세계는 어른의 눈으로 보면 말이 안 되거나 엉뚱하게 보이기도 해요. 어린이들에게는 '있다고 믿으면 있고 없다고 믿으면 없는' 동심이 있거든요.

어른들은 종종 경험이라는 시간을 통과하면서 동심을 까맣게 잊고 "뭘 그런 걸 가지고 그래."라는 말을 하곤 해요. 그런 어른들이 짜놓은 시간표에 맞춰 살다 보면 동심을 잃은 '좀비 어린이'가 될 수도 있어요.

아침에 눈뜰 때, 거울 볼 때, 학교 가는 길에, 짝꿍을 만났을 때, 교실에서, 급식실에서, 혼자 있을 때, 여럿이 있을 때, 학원에 갈 때, 숙제할 때, TV 볼 때, 잠들기 전……. 여러분은 매번 스스로 생각하고 스스로 결정하며 지내나요? 질문을 받으니 고민이 되고 골치가 아프다고요? 그렇다면 여러분은 좀비가 아닐 가능성이 커요. 고민한다는 건 스스로 생각한다는 뜻이고, 스스로 생각한다는 건 골치는 아프지만 살아 있다는 뜻이니까요.

그런데 고민을 털어놓을 데가 없어서 그게 또 고민이라고요? 걱정하지 마세요. 만두의 달인 쿡판다가 있으니까요. 쿡판다는 어른인데 동심을 잃지 않아 어린이들의 고민을 헤아리는 특별한 능력이 있어요. 지금은 특별 만두로 어린이들의 고민을 해결해 주는 일을 하고 있지요.

그런데 잠깐! 이것만은 알고 쿡판다를 만나는 게 좋아요. 쿡판다는 여러분보다 더 장난꾸러기에 먹보라는 사실! 밤에는 여러분의 고민을 접수해 특별 만두를 만들지만, 낮에는 평범한 아저씨로 변신해 만두를 팔지요. 만약 낮에 쿡판다를 만난다면 어떤 소동이 벌어질지 아무도 몰라요. 괜찮으니까 얼른 쿡판다를 만나게 해달라고요? 좋아요, 출발!

함윤미

첫 번째  이야기

"큰일이군, 정말 큰일이야!"

밤이 되었는데도 만두카가 날아오르질 않았어. 며칠 전부터 억수같이 쏟아지는 비 때문이야. 만두카는 달빛과 별빛을 받아야 더 쌩쌩 날아오를 수 있는데 먹구름 때문에 날 수가 있어야지. 부릉부릉 시동 거는 소리만 요란해. 이러다 정말 아침이 오는 건 아닌지 쿡판다는 좀처럼 마음을 놓을 수가 없었어. 달도 별도 만두카도 뜨지 않는 밤, 쿡판다의 고민도 점점 늘어만 갔지.

"어떻게든 방법을 찾아야만 해!"

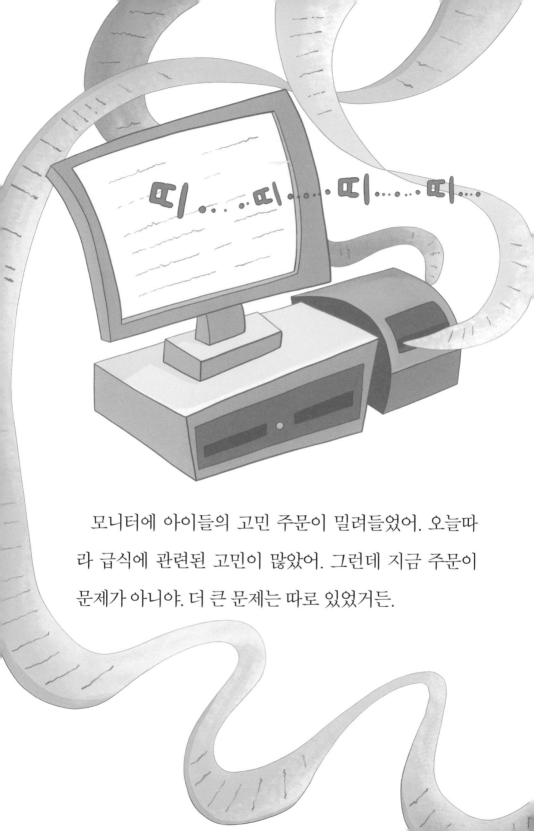

띠....띠.....띠.....띠...

모니터에 아이들의 고민 주문이 밀려들었어. 오늘따
라 급식에 관련된 고민이 많았어. 그런데 지금 주문이
문제가 아니야. 더 큰 문제는 따로 있었거든.

밤 12시가 되면 까만 뿔테 안경을 쓴 아저씨에
서 쿡판다로 모습이 변해야 하는데 이상한 일이
벌어진 거야.

"어? 내 몸이⋯⋯왜 이러지?"

까만 귀, 까만 눈, 복슬복슬 흰 털에 배불뚝이 쿡
판다로 변하는가 싶다가 금세 다시 뿔테 안경을
쓴 아저씨로 되돌아가는 거야.

"이게 무슨 일이람……."

쿡판다는 아저씨가 되었다가 쿡판다가 되었다가…… 아저씨였다가 쿡판다였다가를 수도 없이 반복했지. 결국 정말 큰일이 생기고 말았어. 변신에 변신을 거듭하던 쿡판다가 온몸에 힘이 빠져 비틀거리다 그만 정신을 잃고 만 거야.

모니터에는 고민 주문이 쏟아지고 밖에는 장대비가 쏟아지고……그렇게 얼마의 시간이 흘렀을까?

번개가 번쩍번쩍 천둥이 우르릉 쾅쾅! 세상이 뒤집히는 듯하더니 부릉부릉 시동 소리만 요란하던 만두카가 로켓처럼 공중으로 '슝' 솟아올랐어. 하지만 얼마 올라가지 못하고 먹구름에 부딪혀 땅바닥에 '쿵' 곤두박질치고 말았지. 그 바람에 정신을 잃고 쓰러져 있던 쿡판다가 번쩍 눈을 떴어. 쿡판다는 자신이 왜 만두카 바닥에 널브러져 있는지 기억하지 못했어. 쿡판다였다가 아저씨였다가 했던 일도 까맣게 잊어 버렸지. 늘 그랬던

것처럼 자다가 해먹에서 떨어진 줄로만 알고 있었어.

"후유, 아직도 비가 그치질 않았네."

쿡판다는 만두카 창밖을 보며 힘없이 흥얼거렸어.

"땅에는 알록달록 불빛이~

하늘엔 반짝반짝 별빛이~"

노랫소리에 한숨이 스몄어.

"불빛은 환한데, 별빛은 없고……."

맑은 별 가루로 특별 소스를 만들 수 없으니 아이들을 위한 특별 만두도 만들 수가 없었지. 달빛을 듬뿍 받은 쫄깃쫄깃 반죽도 준비할 수 없었고……. 고민 주문이 계속될수록 쿡판다의 속은 까맣게 타들어 갔어.

"칙칙한 별이라도 좋으련만……."

완벽한 재료를 구하기 위해 밤새 하늘을 날아다니며 깐깐하게 굴던 일이 떠올랐어. 하늘에 뜬 별이 칙칙하

거나 눅눅하거나 빛깔이 맑지 않으면 거들떠도 안 봤는데 지금은 그것만이라도 감사한 마음이었지.

그렇다고 이렇게 마냥 손 놓고 있을 수만은 없었어. 다시 기운을 내기로 했어. 쿡판다에게 포기란 없었으니까.

아이들을 위한 특별 만두는 못 만들어도 다른 사람들을 위한 만두 재료는 준비해야 했어.

"오, 이런! 시간이 벌써 이렇게 됐네!"

늦어진 만큼 서둘러야 했어. 종류별로 만두소를 준비하고 반죽을 주무르며 밤이 깊도록 잠시도 쉴 틈이 없었지. 피곤이 쌓이는 만큼 눈 밑 다크서클도 점점 더 진해졌어.

"이 정도면 되겠지?"

쿡판다는 정성껏 준비한 만두소와 반죽을 커다란 통에 담았어. 일을 마치고 나니 기다렸다는 듯 뱃속에서 꾸르륵꾸르륵 신호가 울렸어. 일에 집중하느라 배가 고픈 줄도 몰랐지. 평소 배고픈 걸 못 참는 쿡판다지만 만두 재료를 준비할 때만큼은 달랐어.

쿡판다는 가장 좋아하는 당근을 통째로 우적우적 씹

어먹었어. 그런데 특별 만두 생각 때문인지 달달한 당
근 맛이 하나도 느껴지지 않는 거야. 그렇게 고소하던
댓잎도 맛이 없었어.

그때, 모니터에 평소와 다른 주문 신호가 울렸어.

'띠로-----띠로-----띠로-----띠-------'

가끔 어른들의 고민이 들어올 때 나는 신호음이었어.

"후유, 아이들 고민도 해결해 주지 못하고 있는데 어른들의 고민은 알아서 하시길!"

쿡판다는 모니터에 뜬 주문 내용을 보지도 않고 삭제를 눌렀어. 그런데 모니터 화면을 보고 화들짝 놀라고 말았지. 분명히 삭제를 눌렀는데 모니터에 주문이 완료되었다고 뜬 거야.

고민을 주문한 사람은 산들초등학교 교장 선생님이었어. 주문서에는 '일일 급식 도우미 급구'라고 적혀 있었지.

"일일 급식 도우미?"

그 순간 바깥 날씨만큼이나 흐렸던 쿡판다의 얼굴이 저도 모르게 환해졌어.

"바로 이거야!"

쿡판다는 막혔던 속이 뻥 뚫리는 것 같았어. 그동안 특별 소스를 구하지 못해 아이들을 위한 만두를 만들 수 없었는데 일일 급식 도우미라면 아이들을 위해 무언가 만들 수가 있잖아. 쿡판다는 산들초등학교 일일 급식 도우미 신청 양식을 꼼꼼히 작성했어.

"신청서 접수 완료!"

아이들을 만날 생각을 하니 절로 기분이 좋아져 모처럼 마음 편히 잠을 청할 수 있었어. 쿨쿨 그렇게 얼마나 잤을까?

새벽 어스름, 바퀴 달린 만두카가 산들초등학교 주차장에 자리를 잡았어. 만두카에서 드르렁드르렁 요란한 소리가 울렸지.

"아이쿠, 일찍 와 계셨네요!"

산들초등학교 교장 선생님이 만두카 창문을 두드렸어. 그 소리에 깜짝 놀라 잠에서 깬 쿡판다는 몸을 일으키려다가 그만 해먹이 꼬이는 바람에 바닥에 '쿵' 하고 머리를 찧고 말았지.

그런데 창피한 건 둘째치고 큰일이 났지 뭐야. 몸이
아저씨로 바뀌어 있지 않은 거야! 아침이 되면 까만 뿔
테 안경을 쓴 배불뚝이 아저씨여야 하는데……까만 귀,
까만 눈, 복슬복슬 흰 털에 배불뚝이 쿵판다 모습 그대
로였지.

'이를 어째……'

　그때 쿡판다의 머릿속에 까맣게 잊고 있었던 어젯

밤 일이 조금씩 떠올랐어. 아저씨로 변했다가 쿡판다

로 변했다가 이랬다저랬다 그러다 그만 바닥에 쓰러졌

던⋯⋯. 쿡판다는 털북숭이 몸을 두 팔로 감쌌어. 하지

만 몸이 가려질 리 없었지. 어떻게 해야 할지 아무 생각

도 나지 않았어. 지금 이 상황이 너무 당황스럽고 슬프

기만 했지. 아저씨로 변신이 되지 않는다면 모든 게 끝이었으니까.

'똑똑!'

교장 선생님이 만두카 문을 두드렸어. 쿡판다는 쩔쩔매며 조심스레 만두카에서 내려왔어. 교장 선생님은 쿡판다를 보자마자 반갑게 말을 쏟아 냈어.

"저처럼 아이들을 아주아주 사랑하는 분이 오셨군요! 어젯밤에 급히 부탁드린 것도 죄송한데, 이렇게 판다 분장까지 하고 오시다니! 격하게 환영합니다!"

교장 선생님의 말을 들은 쿡판다는 순간 어리둥절했지만 곧 얼굴에 생기가 돌았지.

'판다 분장? 오, 바로 그거야!'

쿡판다는 그제서야 활짝 웃으며 교장 선생님을 와락 끌어안았어.

"안녕하세요? 일일 급식 도우미 쿡판다라고 합니다!"

"아이쿠, 이름까지 변장하실 필요는 없는데! 아무튼

급한 부탁에 새벽같이 와 주셔서 감사합니다, 쿡판다 선생님!"

교장 선생님의 맞장구에 쿡판다는 완전히 자신감을 되찾았어.

그때 교문에서 누군가 급히 달려오며 교장 선생님을 불렀어.

"선생님! 교장 선생님!"

"마침 오시네요. 저분이 우리 학교 영양사 선생님입니다."

교장 선생님이 쿡판다에게 영양사 선생님을 소개했어. 영양사 선생님은 숨을 헐떡이며 말했어.

"큰일 났어요, 교장 선생님. 방금 조리사님한테 전화가 왔는데 출근하다가 차와 접촉 사고가 나셨대요!"

"네에? 많이 다치셨나요?"

"아니요, 다행히 몸은 괜찮은데 사고 수습으로 늦어진다고 하세요. 오늘은 일일 급식 도우미도 없는데 조리사님까지 사고가 났으니 어떡하죠?"

영양사 선생님은 금방이라도 울 것 같은 얼굴이었어.

"참, 인사하세요. 오늘 일일 급식 도우미로 급히 와 주신 쿡판다 선생님이에요."

"어머나! 진짜요?"

영양사 선생님은 반가우면서도 쿡판다의 모습을 보고 흠칫 놀란 눈치였어.

"쿡판다 선생님이 아이들에 대한 마음이 얼마나 지극한지 보이시죠? 급한 요청에 새벽같이 달려와 주신 것도 고마운데 이렇게 아이들을 위해 귀여운 판다 분장까지 하고 오셨지 뭐예요. 아이들에 대한 사랑이 저만큼이나 아주아주 깊으신 분입니다. 정말 최고예요. 감동입니다, 감동."

교장 선생님의 소개에 영양사 선생님은 애써 웃었어. 하지만 얼굴에 드리운 먹구름은 가시지 않았지.

"큰일이네요. 오늘 메뉴가 만둣국인데……조리사님

이 없으니……."

영양사 선생님이 깊은 한숨을 내쉬었어.

"만두에 무슨 문제라도 있나요?"

쿡판다는 만두라는 말에 귀가 쫑긋했지. 그러자 교장 선생님과 영양사 선생님이 주거니 받거니 대답을 해 주었어.

"산들초등학교 급식 중 가장 자랑거리가 바로 만둣국인데요……."

"우린 냉동 만두를 절대로 쓰지 않습니다."

"즉석에서 바로 빚어 끓여 주기 때문에 그 맛이 아주 일품이지요."

"그런데 만두를 담당하는 조리사님이 갑자기 사고를 당하셨으니……."

교장 선생님과 영양사 선생님의 표정이 딱딱하게 굳었어. 반대로 쿡판다의 표정은 해바라기처럼 밝았지.

"에이, 뭘 그리 걱정하세요? 이래 봬도 제가 만두 빚기의 달인이거든요."

쿡판다는 가슴을 쭉 펴고 자신 있게 말했어. 조금 으스대는 것도 같았지.

"어머나, 어머나! 그러고 보니 타고 오신 차가 만두카네요. 혹시 만두 장사하세요?"

"네, 잘 보셨어요. 제가 바로 그 유명한 즉석 만두의 달인입니다!"

쿡판다가 어깨를 으쓱했어. 교장 선생님과 영양사 선생님은 서로 눈빛을 교환했어. '그 유명한'이라는 말에 갸우뚱했던 거야. 두 사람은 '그 유명한' 쿡판다를 전혀 모르고 있었거든.

"허허허! 그 유명한 만두 달인님, 환영합니다!"

"호호호! 그 유명한 만두 선생님, 우리가 오늘 귀한 분을 모시게 됐네요."

교장 선생님과 영양사 선생님은 애써 웃으며 다시 한번 쿡판다를 환영했어.

안내를 받고 간 급식실은 아주 깔끔했어. 쿡판다의 마음에 쏙 들었지.

영양사 선생님은 쿡판다에게 요리할 때 기본인 모자와 앞치마를 건넸어. 그러더니 다정했던 말투가 또박또박 차갑게 바뀌는 거야.

"지금부터는 정신을 바짝 차려야 합니다. 아이들 급식은 첫째도 위생, 둘째도 위생이니까요!"

"그럼요, 첫째도 위생! 둘째도 위생!"

쿡판다도 위생만큼은 아주 철저했어.

쿡판다와 영양사 선생님은 조리할 준비를 마치고 조리대 앞에 섰어.

"쿡판다 선생님, 아까 말씀드렸다시피 오늘의 메뉴는 만둣국입니다."

"네, 만둣국."

"그러니까 오늘의 메뉴는 만둣국이라는 말씀!"

그런데 영양사 선생님이 말소리가 점점 작아지더니

송글송글 식은땀까지 흘리는 거야.

"그 유명한 만두의 달인님……."

쿡판다를 보는 영양사 선생님의 눈빛이 아주 간절했어. 알고 보니 영양사 선생님은 음식의 영양 관리에는 누구보다 자신이 있었지만 만두 빚기는 영 자신이 없었던 거야. 똑 부러진 말투와 달리 음식을 만드는 건 어디서부터 무얼 준비해야 할지 몰랐지.

반대로 쿡판다는 아주 신이 났어. 만두라면 어떤 것도 자신이 있었으니까. 쿡판다는 시계부터 확인했어.

"점심시간이 되려면……이런! 시간이 얼마 없네요!"

쿡판다는 바로 급식 준비에 들어갔어. 투실투실한 몸집에 비해 몸놀림이 아주 재빨랐지. 그걸 본 영양사 선생님은 놀랍기도 하고 든든하기도 했어.

"제가 뭘 좀 도울까요?"

"음, 이것 좀 다듬어 주세요."

쿡판다는 다듬고 있던 국거리 재료를 영양사 선생님에게 맡겼어. 선생님은 팔을 걷어붙이고 부지런히 다듬었어. 그러는 사이 쿡판다는 커다란 통에 물을 받아 만둣국에 쓸 국물을 우렸지.

"선생님, 이제 설거지를 좀 해 주세요."

"오, 설거지라면 자신 있어요!"

영양사 선생님은 다시 팔을 걷어붙였어. 쿡판다를 쫓아다니며 그때그때 설거지를 해치웠어. 쿡판다가 만두를 위해 태어났다면 영양사 선생님은 설거지를 위해 태어난 사람 같았어. 환상의 짝꿍이 따로 없었지.

"이제 저는 만두를 빚을 겁니다."

쿡판다는 모자와 앞치마를 단단히 고쳐 맸어.

"그럼 저는 만두에 곁들일 반찬을 꺼낼게요."

영양사 선생님도 빠릿빠릿하게 움직였지.

쿡판다는 어젯밤에 준비했던 만두소와 반죽으로 만두를 빚기 시작했어. 달빛을 받은 반죽이면 더 좋았겠지만 그래도 밤새 주무르고 열심히 치대어 놓았던 터라 반죽이 찰졌어.

반죽을 뚝 떼어 납작하게 누르고 방망이로 문질문질하면 만두피 완성! 만두피에 만두소를 한 숟가락 넣고 쏘옥 오므려 조물조물! 손이 어찌나 빠른지 영상을 빠르게 돌려 보는 것처럼 만두가 뚝딱뚝딱 완성되었어.

영양사 선생님은 반찬 준비도 잊은 채 쿡판다의 손놀림에 빠져들었어. 지금까지 이렇게 완벽한 손놀림은 처음 본다면서 감탄을 쏟아 냈지.

"오, 정말로 만두의 달인이셨군요!"

그 말에 힘입어 쿡판다는 더욱 속도를 올렸어.

"만두 만두 달빛 만두~ 만두 만두 별빛 만두~

낮에는 햇빛 만두~ 살살 녹는 만두라네~"

음정 박자가 엉망이긴 했지만 쿡판다는 어느새 엉덩
이춤까지 추면서 만두를 빚었어. 영양사 선생님은 다시
한번 놀랐어. 수북하게 쌓인 만두 모양이 해, 달, 별이었
거든. 해는 만둣국용, 달은 튀김 만두용, 별은 찐만두용
이었어. 쿡판다는 혼자서 만둣국, 튀김 만두, 찐만두를
금세 만들었어.

급식실에 맛있는 만두 냄새가 솔솔 퍼졌어.

"보기 좋은 만두가 먹기도 좋다던데, 냄새까지 아주
환상적이네요! 얼른 먹어 보고 싶어요."

영양사 선생님이 군침을 꿀꺽 삼켰어.

"이제 모든 준비는 끝났습니다!"

쿡판다의 말이 떨어지기가 무섭게 점심시간을 알리
는 종이 울렸어.

"어쩜 시간을 이렇게 딱 맞출 수가 있죠?"

영양사 선생님은 쿡판다 선생님이야말로 세상에 둘
도 없는 만두 달인이라며 추켜세웠어. 쿡판다는 짧은

목을 쭉 빼고 불룩한 배를 쑥 내밀면서 칭찬을 즐겼어.

급식실 문이 열리자 아이들 목소리가 와자지껄했어. 각 반마다 담임 선생님이 아이들을 한 줄로 데리고 들어왔어.

다들 쿡판다의 모습에 홀딱 반했어. 교장 선생님이 급식실 입구에서 미리 오늘의 일일 급식 도우미 쿡판다 선생님을 소개해 주었거든.

"여러분, 오늘은 이래저래 아주 특별한 급식을 먹게 될 거예요. 이건 모두 일일 급식 도우미로 와 주신 쿡판다 선생님 덕분이에요. 오늘 여러분이 먹을 만두를 혼자서 다 만드셨다니까요. 게다가 쿡판다 선생님은 나만큼이나 우리 산들초등학교 학생들을 각별히 사랑하는 게 틀림없어요. 일일 급식 도우미로 와 주신 것만도 고마운데 여러분을 기쁘게 해 주려고 판다 분장까지 하고 오셨거든요. 지금부터 순서대로 차례차례! 감사하는 마음으로 맛있게 드세요!"

"와!"

아이들은 쿡판다를 보며 신기해했고, 별 만두와 달 만두와 해 만두를 보고 더욱 환호했어. 만두를 좋아하지 않더라도 처음 보는 만두 모양에 다들 호기심이 생겼어. 주메뉴인 만둣국 말고도 찐만두와 튀김 만두가 있으니까 골라 먹는 재미도 쏠쏠했지.

쿡판다와 영양사 선생님은 환상의 짝꿍답게 배식을 물 흐르듯이 진행했어. 특별 만두가 없는데도 아이들이 급식을 잘 먹어 주니 놀라울 따름이었어.

"내가 먹어 본 만둣국 중에 최고야."

"와! 우리 엄마 만두보다 더 맛있어."

아이들 입에서 이런 말이 나올 때면 쿡판다는 좋아서 어쩔 줄 몰랐어.

"선생님, 방금 아이들의 맛 평가 들으셨죠?"

"맛 평가요?"

영양사 선생님이 궁금한 듯 쿡판다를 보았어.

“저기 창가 쪽 맨 끝에 앉은 아이 둘이요. 오늘 만둣국이 제일 맛있대요. 엄마 만두보다 더 맛있다고 하네요.”

“어머나! 쿡판다 선생님, 저렇게 멀리 있는 아이들의 말소리가 들렸다고요?”

영양사 선생님은 고개를 갸우뚱했어.

순간, 쿡판다는 '아차!' 싶었어. 자신이 진짜 판다라는 사실이 비밀인 것처럼 쿡판다가 아주 특별한 귀를 가졌다는 것도 비밀이었거든. 아이들이 맛있어하며 칭찬하는 말에 그만 마음이 앞서서 실체가 들통날 뻔했지 뭐야.

쿡판다는 입을 꾹 다물고 다시 배식에 열중했어. 혼자서 열일하느라 힘들긴 했지만 영양사 선생님이 도와주고 아이들이 너무나 맛있게 잘 먹어 주니 보람이 두 배였어.

아이들이 급식실에 밀물처럼 몰려왔다가 썰물처럼 빠져나가기를 몇 번 하다 보니 슬슬 점심시간도 지나가고 있었어.

두 번째  이야기

　멜빵바지를 입은 남자아이가 쿡판다 앞에 섰어. 그런
데 아이는 식판을 자기 배에 착 붙이고 급식을 받지 않
겠다는 듯 뾰로통한 얼굴로 서 있었어.

　"만둣국 싫어요."

　쿡판다가 방긋 미소를 띠며 말했어.

　"그 유명한 쿡판다네 만둣국은 다를 걸? 다 먹고 한
그릇 더 달라고 하기 없기다!"

　"안 먹어요. 만둣국 싫어요."

　아이는 고개까지 절레절레 흔들었어.

"그래? 만둣국이 싫으면 찐만두를 줄까? 튀김 만두는
어때?"

쿡판다는 별 모양, 달 모양, 해 모양 만두를 하나씩 들
어서 보여 주었어. 모양에 반해서 급식을 먹는 아이들
도 많았으니까. 하지만 멜빵바지 아이에게는 통하지 않
았어.

"저, 만두 진짜 싫어해요. 안 먹을래요."

"급식을 안 먹으면 배가 고파서 하루 종일 힘들 텐데 괜찮겠니?"

쿡판다가 달래 보았지만 소용없었어.

옆에서 반찬을 주려고 기다리던 영양사 선생님이 슬쩍 귓속말을 했어.

"우리 학교에 급식이 세상에서 제일 싫다는 아이들이 몇 명 있어요. 그중에 한 명이에요."

쿡판다는 당황하지 않고 한 번 더 달래 보았어.

"급식을 안 먹으면 배가 고파서 친구들과 놀 수도 없어. 그래도 괜찮아?"

"저 친구 없어요."

그 말에 쿡판다는 눈을 깜박거렸어. 당황할 때 나오는 쿡판다의 버릇이야.

"바로 뒤에 서 있는 아이들 보이시죠? 날마다 급식을 거부하는 아이들이에요."

영양사 선생님의 말을 듣고 보니 멜빵바지 아이 뒤에 여섯 명의 아이들이 남아 있었어. 어젯밤에 모니터에 뜬 급식 고민 주문 숫자와 딱 맞아떨어졌어.

쿡판다는 잠시 생각에 잠겼지.

'아, 이럴 때 별 가루로 만든 특별 소스만 있었어도 꿀꺽 만두로 이 녀석들의 고민을 한번에 해결할 수 있었을 텐데……'

너무나 안타까웠지. 하지만 쿡판다가 누구야. 여기서 물러서면 우리의 쿡판다가 아니지! 쿡판다는 금세 장난기 가득한 얼굴로 말했어.

"얘들아, 너희 표정을 보니 급식은 절대 먹지 않겠다는 각오가 보이는구나."

그 말에 어떤 아이들은 자기 마음을 들켜서 놀라기도 하고, 어떤 아이들은 대놓고 불만을 드러내기도 했어.

"급식은 진짜 맛없어요!"

"난 급식 절대로 안 먹을 거야!"

"정말 먹기 싫은데 우리 선생님은 억지로라도 먹어야 한대요!"

그때, 쿡판다의 눈에 급식을 다 먹은 아이들 몇몇이 식판을 반납하며 장난치는 게 보였어. 후식으로 준 방울토마토를 먹지 않고 서로에게 던지고 있었어.

쿡판다는 자기도 모르게 몸을 날렸어. 음식으로 장난치는 건 절대로 봐줄 수 없었거든. 쿡판다는 아이들이 던진 방울토마토를 공중에서 '슈슈슉' 가로채 입에 넣고 바닥에 안전하게 착지했어. 쿵푸 영화가 따로 없었지. 정말 순식간에 일어난 일이었어.

그런데 바로 옆에 있던 영양사 선생님과 급식대 앞에서 있던 아이들 그리고 방울토마토로 장난을 치던 아이들이 그 모습을 보고 만 거야. 다들 어리둥절한 표정으로 쿡판다를 바라보았어.

하지만 문제는 지금부터였어. 지금껏 점잖게 일일 급식 도우미를 하던 쿡판다의 무서운 식탐이 발동된 거야.

쿡판다의 식탐이 발동됐다는 건 보통 큰일이 아니야.
하지만 이미 되돌릴 수 없었지.

쿡판다는 다짜고짜 급식대 앞에 서 있는 아이들에게
물었어.

"너희들 만두가 싫다고 했지? 급식 안 먹는다는 거 진
짜지? 후회 안 하지?"

아이들이 동시에 고개를 끄덕였어.

"좋아, 그럼 너희가 원하는 대로 해줄게."

쿡판다는 그 자리에서 만둣국을 후루룩 쩝쩝 순식간에 먹어치우기 시작했어. 한 그릇, 두 그릇, 세 그릇…….

"꺼억!"

길게 트림을 하며 국물 흐른 입가를 손으로 쓱 닦더니 이번에는 찐만두가 든 찜통의 뚜껑을 열었어. 5단짜리 찜통을 하나둘 내려서 나란히 놓고 소쿠리에 남아 있는 튀김 만두도 그 옆에 줄 세워 놓았어.

"이거 내가 다 먹어도 되지?"

"네……."

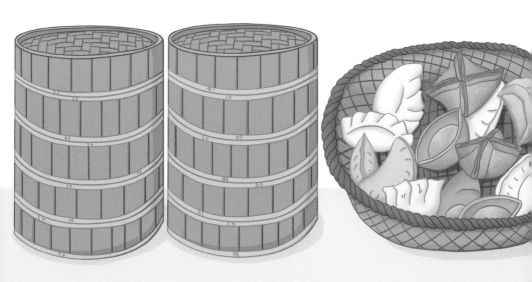

아이들의 대답을 들은 쿡판다는 양손으로 만두를 먹어대기 시작했어. 찐만두, 튀김 만두, 찐만두, 튀김 만두……. 숨도 쉬지 않고 번갈아 가며 냠냠 삼켰어. 만두가 순식간에 줄어들었지.

"그래, 이 맛이야! 만두는 한 방에 열 개는 먹어 줘야 제맛이지."

어찌나 맛있게 먹는지 옆에서 보는 것만으로도 군침이 흘렀어.

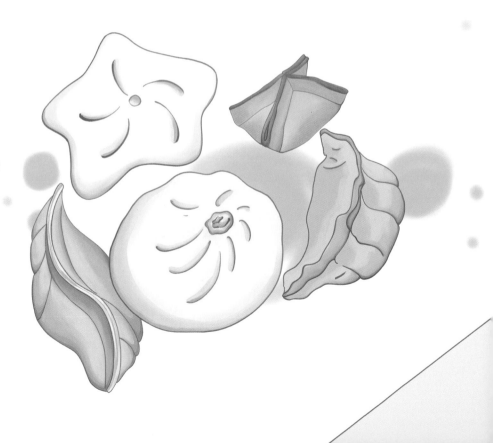

하지만 쿡판다는 거기서 멈출 생각이 없었어.

"너희가 먹기 싫다고 했으니까 이제 다 내 거야. 난 두 배로 맛있게 먹는 방법을 알고 있거든."

"두 배로 맛있게 먹는 방법이요?"

멜빵바지 아이가 호기심 가득한 표정으로 물었어.

"응, 한 방에 열 개는 너무 시시해. 한 방에 스무 개!"

쿡판다는 양손이 안 보일 정도로 빠른 속도로 찐만두, 튀김 만두, 찐만두, 튀김 만두……만두 스무 개를 게 눈 감추듯 먹어치웠어.

양 볼이 터질 듯이 볼록했어. 우물우물 꼭꼭 씹으니 만두 육즙이 질질 흘렀어.

"와! 두 배는 더 맛있다!"

"쿡, 쿡판다 선생님……이러다 혼자 다 드시겠어요."

영양사 선생님이 울상이 되어 은근슬쩍 찐만두 하나를 집어 입에 넣었어.

배불뚝이 쿡판다는 아랑곳하지 않고 다시 말했어.

"얘들이 먹기 싫다잖아요. 내가 다 먹을 거예요. 난 만두를 세 배로 맛있게 먹는 방법을 알고 있거든요."

"세 배요?"

"안 돼요!"

아이들과 영양사 선생님이 동시에 쿡판다를 말렸어.

만두는 질색이라던 멜빵바지 아이와 급식은 절대로 먹지 않겠다던 아이들도 마음이 조급해졌어. 이러다가 만두가 하나도 남지 않을 것 같았거든.

"쿡판다 선생님! 본분을 지켜 주시길 바랍니다. 오늘 이곳에 온 이유를 잊지 말아 주세요."

영양사 선생님의 말에 쿡판다는 입맛을 쩝쩝 다시며 아쉬워했어.

"아이참, 다들 안 먹는다고 할 때는 언제고!"

"어머! 어머머머머머! 얘네들은 몰라도 저는 그런 말을 한 적이 없거든요."

영양사 선생님은 이번에는 튀김 만두 하나를 슬쩍 입

에 넣었어.

"선생님!"

아이들이 동시에 소리쳤어. 그러더니 앞다투어 식판을 내밀기 시작했어. 남은 만두라도 먹기로 마음을 먹은 거지.

"저도 맛보고 싶어요. 달 만두, 별 만두, 해 만두 하나씩 주세요."

멜빵바지 아이가 식판을 쑥 내밀었어.

"에이, 내가 다 먹을 수 있었는데……."

쿡판다는 아쉬움에 입맛을 다시며 멜빵바지 아이의 식판에 만두를 담아 주었어. 그리고 물었지.

"넌 같이 먹을 친구도 없다면서 이걸 혼자 다 먹을 수 있겠니?"

"못 먹으면 제가 먹어 줄게요. 저도 달 만두, 별 만두, 해 만두 모두 주세요."

뒷줄에 선 아이가 말했어.

"저도 먹을래요!"

"저도요!"

급식이라면 딱 질색이라던 아이들이 너도나도 만두를 주문하자 쿡판다는 정말로 아쉽다는 표정을 지었어. 마지막 아이의 식판에 남은 만두를 담고 나니 배식판이 텅 비었어.

"잠깐! 아니 이게 무슨 일입니까? 내 입은 입도 아닙니까?"

밖에서 교장 선생님이 후닥닥 달려왔어.

"맞아요, 쿡판다 선생님! 저도 아까부터 기다리고 있었다고요!"

만두가 남지 않을까 봐 초조해하던 영양사 선생님도 거들었어.

"교장 선생님, 쿡판다 선생님은 정말 못 말려요. 아이들이 급식을 거부한다고 그걸 곧이곧대로 듣고 모두 먹어 치우려 하지 뭐예요. 아이들 보기가 어찌나 미안하던지……."

영양사 선생님이 일러바치듯 말했어.

"아이쿠, 쿡판다 선생님! 맛있는 것일수록 아이들 먼저! 그리고 남은 건 우리가 서로 나눠 먹어야죠!"

교장 선생님은 텅 빈 배식판을 보고 울상이 되었어. 영양사 선생님도 실망이 가득한 표정이었지.

"호호, 그 유명한 쿡판다네 만두가 산들초등학교에서도 통했네요."

쿡판다는 멋쩍어하며 불룩 나온 배를 긁적였어.

그 사이 급식을 거부했던 아이들은 모두 식판을 싹싹

비웠어.

"와, 만두가 이렇게 맛있는 줄 몰랐어요."

"정말 최고예요!"

"이런 급식이라면 날마다 먹을 거예요!"

만두를 싫어한다던 아이들은 저마다 만족스런 얼굴로 빈 식판을 반납했어.

"잘 먹었습니다!"

아이들이 활짝 웃으며 급식실을 빠져나갔어. 별 가루가 들어간 꿀꺽 만두 없이도 무사히 급식 고민을 해결하게 된 거야. 쿡판다는 꿈만 같았지.

하지만 영양사 선생님과 교장 선생님은 여전히 울상이었어. 남은 만두가 하나도 없었거든.

"쿡판다 선생님, 정말 프로답지 못하네요. 우리 먹을 건 남겨 주셨어야죠!"

영양사 선생님의 뱃속에서 꼬르륵 소리가 났어. 교장 선생님은 애써 점잖은 척했지만 저절로 나오는 꼬르륵 소리를 막을 수는 없었어.

"아이참, 제가 설마 두 분을 굶기겠어요? 자, 지금부터 그 유명한 쿡판다네 스페셜 만두를 기대해 주세요!"

쿡판다는 남은 반죽을 척척 치대더니 방망이로 넓적

넓적 밀었어. 만두피가 보자기처럼 넓게 펴졌지. 거기
에 남은 만두소를 한꺼번에 부었어. 그리고 거대한 왕
만두를 뚝딱뚝딱 빚기 시작했어.

"이거 쪄서 같이 먹어요."

쿡판다는 금세 만두를 쪄냈어. 큼직하고 먹음직스러
운 찐만두를 본 영양사 선생님과 교장 선생님은 입을
다물지 못했지.

식탁 위에 세상에서 처음 보는 대왕 만두가 떡하니 놓여져 있었어. 모락모락 김이 오르고 맛있는 냄새가 솔솔 풍겼지.

"와! 정말 대단하세요!"

"세상에나! 만두가 정말 크고 맛있어 보이네요!"

"헤헤, 오늘 이른 아침부터 고생하신 두 분을 위한 대

왕 만두랍니다!"

"허허허! 수고야 쿡판다 선생님이 제일 많이 했지요."

"호호호! 맞아요."

교장 선생님과 영양사 선생님은 만두의 고소한 냄새
에 마음이 사르르 녹았어.

　쿡판다와 영양사 선생님 그리고 교장 선생님은 함께 그 유명한 쿡판다네 대왕 만두를 먹으며 한결같이 만족한 미소를 지었어.

　"오! 뭐랄까, 혀에 착착 감기는 맛이 풍미가 깊다고 할까요."

　"맞아요. 이런 만두라면 날마다 급식으로 나와도 질리지 않을 것 같습니다."

　교장 선생님은 두 눈을 지그시 감고 만두 맛을 즐겼어. 그 모습을 보는 쿡판다의 마음도 행복했지.

"저……쿡판다 선생님, 시간이 되신다면 내일도 일일 급식 도우미로 와 주실 수 있나요?"

"저도 같은 생각이에요. 꼭 와 주시면 좋겠어요. 아이들이 이렇게 급식을 잘 먹은 건 처음이에요. 이게 모두 쿡판다 선생님 덕분이죠."

교장 선생님과 영양사 선생님이 간절히 부탁했지만

딱 한번만 더!

쿡판다는 정중히 거절했어. 그리고 모처럼 맑게 갠 하늘을 보며 말했어.

"비가 그쳤네요. 오늘 밤부터는 제가 정말 바빠질 것 같습니다. 다음에 또 기회가 있겠죠. 그럼 전 이만……."

쿡판다는 부릉부릉 만두카에 시동을 걸었어. 산들초등학교 주차장을 빠져나가는 만두카에서 음정 박자가 하나도 안 맞는 쿡판다의 즉흥 노래가 흘러나왔어.

"쨍! 해가 뜨면 난 즐거워 냠냠~
훅! 먹어 치우니 다들 놀라 쩝쩝~
나는야 만두의 달인 쿡판다!
오늘 하루 특별 만두 없이 고민 해결!
랄랄라 냠냠~ 랄랄라 쩝쩝~"

쿡판다는 오늘 밤 하늘로 날아올라 아이들을 위한 특별 만두를 준비할 생각에 마음이 설렜어. 특별 만두를 만드는 일은 쿡판다가 가장 좋아하는 일이었으니까.

점점 멀어지는 만두카를 보며 교장 선생님과 영양사 선생님이 아쉬운 표정으로 손을 흔들었어.

"쿡판다 선생님의 만두 맛은 절대 잊지 못할 거예요!"

"꼭 다시 와 주세요!"

교장 선생님과 영양사 선생님은 쿡판다의 만두카가 보이지 않을 때까지 계속해서 손을 흔들어 주었어.

"난 언제든지 가고 싶은 대로 날아오르지~
난 언제든지 먹고 싶은 대로 먹어 치우지~
한여름은 즐거워 호이~ 호이 호이~"

쿡판다는 언제나 노래를 불러요. 기쁠 때나 슬플 때나 우울할 때나 노래가 큰 힘이 되어 주거든요. 물론 음정과 박자는 엉망이지만요. 그러면 어때요. 노래는 마음의 소리인 걸요. 하늘을 나는 만두카는 마음의 소리가 이끄는 대로 출발했어요. 오색찬란 어린이 축제가 열리는 해수욕장으로 향했지요.

어린이만을 위한 축제인 만큼 쿡판다도 오직 어린이만을 위한 아주아주 특별한 만두를 만들었어요. 춤 만두, 물풍선 터트리기 만두, 축구 만두, 피구 만두, 모래 탑 쌓기 만두, 모래에 파묻혀 오래 버티기 만두, 두꺼비 집 짓기 만두, 꼬리잡기 만두 등등 아이들이 좋아할 만한 만두가 가득했어요.

그런데 어쩌죠? 쿡판다의 특별 만두를 먹은 아이들이 점점 이상해지지 뭐예요. 이런, 맙소사! 악당이 나타난 거예요. 쿡판다는 과연 악당에 맞서 아이들을 무사히 구해 낼 수 있을까요? 점점 흥미진진해지는 다음 이야기도 기대해 주세요!

글 함윤미

좋아하는 것은 북한강변 산책하기이고
더 좋아하는 것은 산책하며 환상적인 일 꾸미기예요.
어린이와 청소년을 위한 글쓰기를 통해
환상적인 일을 실현하고 있지요.
지은 책으로는《회장 떨어지기 대작전》《어린이를 위한 삼국유사》
《알고 보면 더 재미있는 곤충 이야기》《우당탕이 사라졌어요》
《모아깨비의 100번째 생일》《노빈손의 계절탐험 시리즈》
《13월의 토끼》《쿡판다의 수상한 만두카1》등이 있어요.

그림 세미

오랜 시간 아이들 미술을 가르치다가
어린이들과 좀 더 소통하고 아이들의 이야기에 공감하는
작가가 되고 싶어 동화 일러스트 작가가 되었어요.
그동안 그린 책으로《복뚱냥이 무인 아이스크림가게》
《노경실 선생님이 들려주는 자연 재난 안전》
《쿡판다의 수상한 만두카1》등이 있으며
지금은 쓰고 그린 그림책《고양이 전사 겁만이》《용왕산 고양이》
출간을 준비하며 열심히 작업하고 있어요.